
FONDATION

DES

THÉATRES IMPÉRIAUX

DE LA PROVINCE

ROUEN

IMPRIMERIE CH.-F. LAPIERRE ET Cᵉ

Rue Saint-Etienne-des-Tonneliers, 1ᵉʳ

—

1865

PÉTITION AU SÉNAT

FONDATION

DES

THÉATRES IMPÉRIAUX

DE LA PROVINCE

Messieurs les Sénateurs,

Plein de confiance dans la haute bienveillance accordée par le Sénat aux pétitions qui lui sont adressées, je viens très-respectueusement soumettre à son examen éclairé un projet dont l'unique but est le bien et le beau de l'art théâtral en France.

EXPOSÉ.

L'initiative libérale de l'Empereur a mis un terme à l'ère des priviléges de Théâtres qui existait depuis 462 ans.

Cette mesure a été accueillie avec reconnaissance par les artistes et par tous ceux qui savent comprendre ce que peut produire la liberté sagement mise en œuvre.

L'art et l'industrie sont aujourd'hui en présence, tous deux doivent subsister; mais il importe qu'ils ne puissent se nuire. Il faut au contraire qu'ils prêtent un appui simultané à l'essor du progrès.

L'Empereur a parfaitement compris cette double action, lorsqu'en même temps qu'il décrétait la liberté, il proclamait le système des subventions.

Les subventions attribuées aux Théâtres impériaux de la capitale, par l'Etat, ont été maintenues.

Les subventions de la province ont été laissées à la discrétion des municipalités.

D'une part : subvention déterminée et non locale.

D'autre part : subvention locale, mais facultative.

Qu'est-il arrivé ?

A Paris, toute la partie artistique représentée par les Théâtres impériaux est restée saine et debout. De plus, et grâce à la liberté, l'industrie a fait de louables efforts qui, déjà, produisent des résultats heureux.

En province, il en a été autrement; rien de régulier n'a été fait.

Là, les municipalités ont augmenté le chiffre des allocations, afin de mettre l'art en état de lutter avec la concurrence, et plus encore avec le mauvais goût.

Ailleurs, les municipalités ne voulant pas grever leur budget outre mesure et, de plus, jugeant impuissants à soutenir dignement l'art théâtral les secours qu'elles avaient accordés jusque-là, les ont supprimés, soit en partie, soit même en totalité.

Dans ces dernières villes, qui peut-être auront des imitatrices, l'industrie théâtrale est devenue maîtresse absolue du terrain et elle n'a épargné aucun moyen pour réaliser des bénéfices sans se préoccuper de l'art.

Les pièces dénuées de valeur artistique ont fait invasion. Les drames à crimes, les vaudevilles libres, les niaises féeries à trucs, les exhibitions de femmes sans talent ont été exploitées pour surexciter les appétits peu délicats. L'opéra a disparu pour faire place aux banalités musicales, comme il y a trente ans le vers tragique a fait place à la prose déclamatoire, et la belle musique est menacée de subir le même sort que les beaux vers. Enfin les contingents des orchestres et des chœurs ont été dispersés, et les artistes qui les composaient ont été réduits à chercher fortune dans un métier quelconque pour échapper à la misère.

Ce tableau de la situation actuelle des Théâtres de plusieurs villes est douloureux, mais j'ose espérer que son exactitude me fera pardonner de l'avoir placé sous les yeux du Sénat.

Il faut le reconnaître, la foule est accourue à ces spectacles mauvais qui égarent son esprit. Mais chaque jour aussi les gens de goût désertent les Théâtres; ils se retirent affligés et se demandent avec anxiété si cet état de choses devra durer longtemps encore.

Il va sans dire que les ennemis de la liberté lui imputent cette décadence de la province. Leur erreur est profonde.

La situation fâcheuse des Théâtres de la province n'est pas nouvelle et ne vient pas de la liberté, mais bien de l'insuffisance des moyens protecteurs, et surtout de l'absence d'une bonne organisation.

Eh bien! c'est cette organisation, réputée de tout temps impossible, que j'ose croire facile et dont je vais essayer de soumettre les bases au Sénat.

Ces bases peuvent reposer sur deux points principaux :

1º Augmenter et mieux répartir les subventions accordées aux Théâtres de France et notamment à ceux de la province;

2º Diminuer la rareté des chanteurs, cause essentielle des exagérations de leurs prétentions pécuniaires.

PREMIER POINT.

Le décret du 6 janvier 1864 a reconnu le principe des subventions. Mais comment sont-elles établies? Qui les fournit?

A Paris, c'est l'Etat. La ville de Paris ne donne rien.

En province, ce sont les municipalités; mais seulement quand elles le jugent convenable. L'Etat ne donne rien.

Tous les esprits sensés n'hésitent pas à déclarer que l'Etat doit faire beaucoup plus en faveur de la capitale que des départements, surtout en matière d'art; mais ils disent aussi qu'il n'est pas juste de ne rien faire pour les départements, et ils ajoutent qu'il serait généreux de ne point les laisser, pour ainsi dire, en dehors du mouvement intellectuel et artistique qui s'accomplit à Paris.

La conséquence de ce sage raisonnement est que l'Etat devrait venir en aide aux municipalités de la province et les encourager à subventionner leurs Théâtres en les subventionnant lui-même.

Où prendre l'argent nécessaire à cette dépense? Et dans quelle mesure la bourse de l'Etat interviendrait-elle?

Pour résoudre ces deux questions, il ne s'agit que de préciser avec un peu de justice distributive la part de charges qui doit incomber à chaque municipalité dans les frais de ses Théâtres dont elle profite, et cela, sans en excepter la ville de Paris, la plus opulente de toutes.

Si la ville de Paris, adoptant ce principe, se montrait aussi généreuse que certaines villes de province qui, pour leurs Théâtres, ont sacrifié jusqu'au trentième de leurs recettes budgétaires, Paris donnerait sept millions, somme équivalente au trentième de son budget de recettes, qui s'élève à près de 210 millions.

On ne lui demande pas si forte somme ; cependant, comme de sept millions à zéro il y a de la marge, on est dans le vrai, dans le juste, en l'appelant à participer aux dépenses de ses Théâtres, ne fût-ce que dans une proportion relativement faible.

Cette doctrine a préoccupé les hommes d'Etat, car dans sa séance du 21 mai 1864, le Corps Législatif a émis le vœu que Paris cessât de s'affranchir des obligations supportées par les autres villes. Il a exprimé le désir que la ville de Paris supportât une partie des dépenses de ses Théâtres, qui sont pour elle une de ses plus fécondes sources de prospérité.

Si le vœu du Corps Législatif était pris en considération, la question des Théâtres de province aurait fait un grand pas vers sa solution.

Que Paris se charge de fournir la moitié de ce que lui donne l'Etat pour ses Théâtres, et l'Etat, par cet allégement, sera mis immédiatement en possession d'une somme de 800,000 fr. au moins, qu'il pourra, sans augmenter son budget, répartir entre les scènes départementales dans la proportion suivante, ou dans toute autre :

A la ville de province qui fournirait elle-même 100,000 fr., l'Etat en donnerait 50,000 ; à celle qui en fournirait 50,000, l'Etat en donnerait 25,000.

Toutefois, ces allocations ne seraient accordées par l'Etat qu'en échange d'une condition que j'indiquerai plus loin.

Les subventions et dépenses soldées par l'Etat au profit des Théâtres de Paris s'élèvent à 1,515,000 fr., on pourrait presque dire 2 millions, si l'on faisait entrer en ligne de compte les loyers des immeubles des Théâtres appartenant à l'Etat et les déficits souvent comblés par lui.

Mais, pour n'être pas accusé d'exagération, disons que l'Etat dépense pour les Théâtres de Paris une somme de 1,600,000 fr.

Toutes les subventions réunies des diverses villes de province ne formant pas un total de 1,600,000 fr., il est évident que les 800,000 fr. qui rentreraient à l'Etat seraient suffisants pour fournir à toutes les villes cette moitié en plus de leurs dépenses particulières. De cette manière, et sans bourse délier, l'Etat serait juste envers les villes de province, et Paris, quoique toujours plus avantagé que la province, contribuerait aux dépenses de ses Théâtres.

DEUXIÈME POINT.

On s'est plaint fort souvent de ce que les chanteurs se faisaient payer trop cher.

Pourquoi sont-ils chers ? Ce n'est pas toujours parce qu'ils ont du talent ; mais parce que, bons ou mauvais, ils sont rares.

Qu'on trouve le moyen d'en former beaucoup, en les instruisant bien, et leurs prétentions pécuniaires s'abaisseront par les facilités de recrutement que donne un plus large contingent de sujets ; en même temps, le niveau de leur mérite s'élèvera par une instruction bien dirigée.

Pour parvenir à ce résultat, il suffirait de fonder des Conservatoires dans les principales villes, ainsi que cela existe déjà à Marseille, Toulouse, Lille, Metz et Nantes.

Si la fondation des Conservatoires était mise à exécution dans un grand nombre de villes, on peut affirmer qu'on ne tarderait pas à voir éclore beaucoup de chanteurs. Il y a des voix partout : au nord comme au sud, à l'ouest comme à l'est.

Pour encourager les villes à faire cette dépense, qui serait si productive pour elles-mêmes et pour l'art en général, l'Etat en ferait une condition essentielle de la subvention qu'il accorderait au *Théâtre impérial* de la ville qui fonderait un Conservatoire.

Par ce moyen, l'Etat atteindrait un double but de progrès. Il encouragerait l'art théâtral comme exécution, et il exciterait les villes à imiter ce qui a lieu à Paris, en faisant donner gratuitement l'éducation aux sujets doués d'aptitudes nécessaires.

On peut ajouter que cela ne serait pas sans profit pour les scènes de la capitale, qui écrèment souvent les scènes départementales.

Il se présente une observation :

Toutes les villes, grandes ou petites, seraient-elles admises à s'imposer la double dépense nécessitée par la fondation d'un Conservatoire et d'une subvention ?

On pourra objecter qu'il ne serait pas sage d'exciter les villes, n'ayant que de faibles revenus, à faire pour l'art théâtral des dépenses qui altèreraient leurs ressources nécessaires à des frais plus utiles.

L'administration aurait donc à décider sur ce point, en prenant pour base d'appréciation, la population et le budget des villes qui sembleraient assez importantes pour être dotées d'un Théâtre impérial, ou bien, proclamant l'égalité, elle admettrait toutes les villes à jouir des immunités offertes par l'Etat. Dans l'intérêt de l'art, il serait toujours mieux d'accroître le nombre des *Théâtres impériaux* de la province que de le restreindre.

RÉSUMÉ.

FONDATION DES THÉÂTRES IMPÉRIAUX DE LA PROVINCE.

1° Un *Théâtre impérial* serait créé dans chaque ville départementale qui fournirait une subvention à ce Théâtre et fonderait un Conservatoire de Musique vocale et instrumentale ;

2° Pour encourager cette double fondation artistique, l'Etat fournirait une somme équivalente à la moitié de ce que chaque ville donnerait pour soutenir son *Théâtre impérial ;*

3° Les *Théâtres impériaux* de la province pourraient jouer tous les genres ; mais ils seraient obligés à représenter l'opéra, la comédie et des pièces choisies parmi celles qui sont représentées sur tous les Théâtres impériaux de la capitale.

Comme il importe au progrès de l'art musical que la protection ne s'étende pas seulement à l'opéra, les *Théâtres impériaux* de la province seraient tenus de donner plusieurs concerts dans lesquels seraient exécutées avec le plus grand soin les symphonies des grands maîtres. Ces œuvres magistrales du génie ne doivent pas rester inconnues aux populations dont elles élèveraient le goût ;

4° Dans tous les *Théâtres impériaux* de la province, les appointements annuels des musiciens de l'orchestre, des choristes, seraient garantis par les subventions. Tous ces artistes, indispensables à la bonne interprétation des œuvres et qui sont peu rétribués, doivent être placés à l'abri des éventualités de perte ;

5° Les subventions serviraient encore à acquérir la musique et les pièces, qui resteraient la propriété de chaque ville et formeraient ainsi des bibliothèques utiles à l'instruction des habitants ;

6° Il ne serait pas interdit au directeur du *Théâtre impérial* d'une ville d'administrer d'autres Théâtres établis dans la même ville (1).

Ce projet que j'ose soumettre au Sénat ne m'a été inspiré que par un ardent désir de voir les scènes départementales prendre un honorable rang dans l'art théâtral français.

(1) Cela n'est pas pratiqué à Paris ; mais il importe qu'il n'en soit pas de même en province, où les conditions de vitalité des Théâtres sont différentes. Cette faculté de gérer plusieurs Théâtres laissée au directeur du Théâtre impérial de chaque ville lui permettrait de mieux soutenir toutes les concurrences sans entraver la marche de l'art, et lui offrirait l'éventualité de bénéfices qui viendraient d'autant alléger les charges du *Théâtre impérial.*

Puisse le Sénat lui accorder sa haute approbation, et puisse enfin la main puissante de Napoléon III doter les scènes départementales d'une organisation forte et féconde. La protection et la liberté réunies marchant de compagnie feraient alors participer les *Théâtres impériaux* de la province au mouvement civilisateur qui caractérise les Théâtres impériaux de la capitale.

Grâce à cette institution nouvelle des *Théâtres impériaux* de la province alimentés et régénérés par la fondation des Conservatoires, la scène française tout entière serait grande, et plus que jamais on verrait se développer l'éclat et le progrès qui en ont toujours fait la première scène du monde.

Je suis, avec une très-haute considération, Messieurs les Sénateurs, votre très-humble et très-respectueux serviteur.

MALLIOT,

**Professeur et Compositeur de Musique
à Rouen,**

Ancien Elève-Pensionnaire de l'Etat à l'Ecole Choron
et au Conservatoire impérial de Musique.

Rouen, le 12 janvier 1865.

Rouen —Imp. Ch.-F. LAPIERRE et Cᵉ, rue Saint-Etienne-des-Tonneliers, 1.